短歌集

夢よ

サラリーマン人生

風成・著

我が友よ
互いに学び　いま何処《いずこ》
時を重ねて　古里《さと》思うかな

墨絵作家　安保　育子

短歌集　夢よ　サラリーマン人生

目次

サラリーマン人生

指を折る
別ればなれ 近づきて
辛く悲しい 友との絆

黙々と
汗と涙の 結晶
学び舎共に 友と去りゆく

旅立ちに
思い出多し 友情
今度会うのは いつになるやら

自動車流通に革命を起こした男がいた。今もその伝説は語り継がれている。ビジネスは、とにかく「数字」がすべてである。うれしいとか、悲しいとか、悔しいとか、嫉妬とか、憧れとか、そんな人間的な感情はもちろん仕事のあらゆる場面で生まれているだろうが、最終的に力を持っているのは「数字」であり、その力は人間的な感情なんてなぎ倒していく。

そんなビジネスの世界で先頭を走っていた男が階段を一段降りたとき、出会ったのが短歌というのがおもしろい。

この三首は、これからそれぞれ社会へ出ていく学生時代の友との別れを歌ったものである。

社会へ
自由に謳歌 憧れる
大空に舞い 羽撃《はうつ》く未来

桜咲く
二十数年 心配を
母は認めて 父に感謝

入社日

目覚めが早く　嬉しさに

教えて戴き　一人前に

雅号の風成とは、風に成るという意味で、まさに自由そのものではないか。学生から社会へと飛び立つ気持ちを歌ったこの三首の短歌にも、自由を求める思いが込められている。

社会へ出ることに対する気持ちを「羽撃く未来」とか「嬉しさ」という言葉で表したことに、作者が世に出ることにいかに希望を抱いていたかが伝わってくる。

この明るさ、前向きな姿勢こそが、作者の性格そのものである。後ろ向きな気持ちは微塵もなく、社会に出ることが自由への扉だった。

時がたち
後輩に指示 テキパキと
チャレンジできて 幸福な日々

酌みかわす
仕事仲間と 酔うほどに
苦労話しに 盛り上がるなり

キャリアを
益々磨き輝いて
立派に熟《こな》し評価が上がる

この短歌の主人公は、あるスーパーマーケットに勤めているという。これからどんなサラリーマン人生が待っているのか。そんな期待を感じさせる短歌である。

作者は社会へ出て頂点へと駆け上がっていく自信を持っていた。これらの短歌にも、そんな作者の自信が表れている。

立ち上げに
会社の為に 貢献を
プロジェクトへ 友と参加す

ライバルに
参加の友が 出世して
悩み多きに 人間関係

長い夜
ビールを飲むも ほろ苦き
浮かんで消える 友との違い

仕事を進めていくうえで、多くの悩みは人間関係につきる。この歌のように、仲間であり、ライバルでもある男たちと、ときには共感し、ときには嫉妬しながら、人間関係は複雑に絡み合っていく。

ビジネスで成功した作者も、ときにそんな気持ちになったことがあるのだろうか。

青空の

光り眩《まぶ》しく　後光さし

一念発起　友に負けず

報われた
努力の甲斐 出世でき
部下に接して 大いに飛躍

前の短歌を受けてのこの短歌である。自信を無くしていた男が、再び自信を取り戻していく変調がおもしろい。結局、人間はこんなふうに、ちょっとしたことで落ち込んだり、また元気になったりを繰り返していくものだろう。

二つの目の短歌の「報われた努力」という言葉に、作者自身の感じた初々しい仕事の喜びがある。

縁ありし
　一目惚れして 心根に
　　会うたび魅かれ 互認め合う

ドライブに
　海、山、デート重ねるも
　　嬉しい会話 いついつ迄も

喧嘩する
口も利かずに 会えるかも
不安心で 悩み多きに

恋の歌といっていいのだろうか。少し昭和感が漂い、レトロな雰囲気が伝わってくる。

作者はすでにビジネスの第一線から退いている年齢だが、若かりし頃、女性とドライブしている姿を想像するのは、なんとなく楽しい。

プロポーズ
応えてくれる 嬉しさを
幸せ胸に 夢の正夢

結婚し
子は宝にて 成長を
充実の日々 再度の祈願

作者の短歌には、独りぼっちという寂しさは感じない。それは常に誰かとのつながりを大切にしてきた証なのかもしれない。

この二つの短歌に込められた結婚と子育てに対する夢や期待は、そうした作者の心情が現れている。

帰宅する
赤子元気に 夜泣きする
睡眠とれず 疲れが残る

交代も
無垢で笑顔が 鎹《かすがい》に
からだ休めず 妻へ感謝

日に日にと
疲れがたまり 休息を
大型スーパー ベビーカーで周る

赤子との暮らしは、同時に喜びに満ちている。赤子の無垢な笑顔は、なにもかもを忘れさせて、ただただ幸せな気持ちになる。

ただ、そうした時間は一瞬のうちに過ぎ去ってしまう。この短歌は、そんな貴重な時間を歌ったものである。

公園で
駆けっこ遊び 疲れさせ
夜はぐっすり 深く眠りこく

夫婦とも
ヤツレタ体 戻りつつ
夜の怖さに 解放される

嬉しさや
保育園入園 迎えくる
愉しさいのち 穏やかな日々

不思議なことに子どもはすぐに大きくなり、子供の成長とともに、夫は父親になり、妻は母親になる。

歩くようになれば、それはそれで心配事が増えるものの、一方で夜泣きからは解放されるし、日々の成長が喜びにつながっている。

社内の
改善策を 提出し
キャリア問わず 大抜擢

出向に
改善みつけ 応《こた》えるよ
部下の悩み 方向正す

リーダーは
挨拶すれど 暗い顔
明るさなしの 見られぬ態度

組織に所属して動くというのはなかなか大変なことである。ときに、仲間から疎まれたりすることはよくあることだ。

しかし、この短歌には、その中でも光る道筋を見出そうする作者の思いが伝わってくる。

歓迎を
　今夜セットに　一円が
　　呑み出す顔に　食する笑顔

呑む程に
　絡んでくるよ　リーダーが
　　品《しな》と価格の　職場の不満

衝突に
年上リーダー　小言あり
全ての事に　批判多し

お酒の場だからこそ直接的な不満がぶつかり合うことはある。

そうした場で、どのように対応するかによって、リーダーとしての資質がわかるものである。

この短歌からは、そうした人間模様が描かれている。

失敗も
全責任の　心意気
全ての責任　覚悟を決める

有限に
リーダーたるは　強くなれ
部下の思いを　しっかり掴む

翌日は　社員一同　説明に　事は簡単　相手の立場

まあ、いろいろあったけれど、とにかく覚悟を決める。そうすれば、物事は進んでいく。そう感じさせる短歌である。

人間は心配性だから、失敗したらどうしようとか、いろいろ先のことを心配するが、結局、自分が責任を取ろうと覚悟を決めることが、最も重要なことであり、覚悟を決めた瞬間に物事は良い方向へ動き出していく。

雰囲気が
チーム一丸 まとまりつ
成功目指し イベント企画
イベントを
社員総出で 考案し
高まる気持ち 思いひとつに

絞りだす
アイデア提示 再検討
熱意伝えし 難しさ知る

リーダーが覚悟を決めたことで、組織が一つにまとまるというのは、よくわかる。そう考えると、組織というのは不思議なものである。人間、一人では何もできないから、当然ながら、誰かと協力し合うことになる。ただ、人が二人以上集まると、不思議なことが生まれる。

肩を抱き合って、心を通わせることはもちろんあるだろうが、反目したり、時には憎しみ合うこともおうおうにしてある。組織がうまく動くには、有能な人材ばかりを集めればいいかというと、そうでもない。

この三つの短歌からは、なんとなく、そういったことを考えさせられる。

計画を
他のリーダー 話し合う
若手の人も 大勢参加

会議なす
地域おこしに 盛り上がり
夜が更ける迄 毎日つづく

決定し
食の祭典まとまって
担当するも三部門とす

わいわいと話し合っている情景が浮かんでくる。若い社員たちの熱気を感じる。こんなふうに熱く濃密な時間のなかから、これまでとまったく違う革新的なアイデアは生まれてくるものだろう。

作者は、そんな雰囲気をつくるのが、きっとうまいはずである。人をその気にさせる、そういう才能を生まれながらにして持っているように感じる。

「地域おこし」という言葉があるが、作者は、きっと、そのことが頭のどこかに常にあるのではないだろうか。

統括は
全てを把握し 目を配り
特に事故には 注意万全

協力は
食べた人達 コンペでき
順位を比較し 決定するよ

コンペとは
各店の前に 箸スプーン
数で競いし 投票箱へ

統括という立場の人間が、隅々まで気を配っていることがわかる短歌である。

仕事上でいろいろ工夫したり、コンペを考えたり、みんなを喜ばせるための準備ほど、楽しいものはない。

この三首の短歌からは、そんな楽しさが伝わってくる。

表彰

一、二、三と 上位に

豪華景品 プレゼントとし

締めとして

ジャンケンポン お客さん

競った人に すべて景品

時が過ぎ
明るい兆し 感謝を
活気溢れる 喜びの顔

いろんな景品をプレゼントするイベントを開催して、それが大盛況で、成功した情景が描かれている。お客さんも従業員も、みんな笑顔になっているのがよくわかる。

「ジャンケンポン」という言い方がかわいい。

良い知らせ
　待ちに待ったよ 連絡を
　　本部通達 部署に戻す

嬉しさや
　リーダー集まり 盛大に
　　グループの人達 全員集う

送られる　呑みかわすほど　泣けてくる　皆の心　意気に感ずる

イベントが成功裏に終わって、すべての人たちが喜び合っている情景は、たぶん最も幸せな時間といっていいだろう。

一人ではなく、人と協力したからこそ味わえる充実感は、そんなに何度も経験できることではない。この三つの短歌は、そんな充実感が詰まっている。「待ちに待ったよ」「嬉しさや」といった言葉に、作者の感情が込められている。

また、「泣けてくる」とか「意気に感ずる」といった、少し高ぶった言い方も心に響いてくる。

帰り際《ぎわ》
浮かんで消える 顔顔の
家路に近づき 妻に感謝

再会の
子ども笑顔に 嬉しさや
一家団欒 愉しい家族

「子どもの笑顔」「一家団欒」「愉しい家族」。これらの言葉からはレトロな印象が伝わってくるが、それが一つの魅力になっている。

昭和の雰囲気が漂う喫茶店で、珈琲を飲みながら話を聞いているような、そんなちょっとほっとする時間を感じる。

出社し
役員室へ 報告を
皆な元気 努力の甲斐

振り返る
人の力は すばらしい
チームワークに 創意と工夫

出る間際
　鶴の一声大役を
　　お受けさせて 余る喜び

大役に
　顔面蒼白 震え出し
　　周りのスタッフ 心配顔へ

席につく
周りのスタッフ 寄って来て
トップの命に 肝が震える

家に着く
隠さず語り 妻笑顔
漲《みなぎ》る体 溢《あふ》れる自信

もともと、作者の短歌は一つの物語のように構成されている。サラリーマンの人生における仕事や家庭について、成長とともに短歌で歌っていく。

作者の短歌は、これ以上でも以下でもない言葉の連続によって、率直な気持ちが伝わってくる。

翌日は
今後の方針 申し述べ
一人一人の 自覚 責任
報告も
絶えず連絡 相談し
お客様へ 創意と 工夫

全員に　ディスカッション参加させ　チームワークを一層強化

この三首の短歌も、前の六首の続きとして読むとわかりやすい。大役を任されたことに対する自覚と責任、それがビジネス用語を使って歌われている。

「今後の方針」「ディスカッション」「創意と工夫」、これらの言葉は今もビジネスの世界で多用されているはずである。従来の短歌であまり使われることのないこれら言葉に、新鮮な気持ちになる。

月日たち

子の成長 高校へ

少し遊びに かじるよゴルフ

誘われる

仕事も上手く ゴルフにと

皆について 足手まとい

練習

暇があれば 本を読む

熱中しだし 四六時中

上達に

誰もが認め 目を丸く

何と八十 シングル近し

夢中に
ゴルフは薬 程程《ほどほど》に
セーブの心 自重自戒《じちょうじかい》

何事も
学ぶ心は 安全に
スピード注意 模範のオーバー

最初は気乗りせずに始めたゴルフでも、次第に熱中し、仕事にも影響をきたす。「シングル近し」「セーブの心」「スピード注意」などの使い方がおもしろい。

ゴルフは今もビジネスを成功させるために利用されることは多々あるはずである。会議室よりもゴルフ場で一緒に汗を流しながら、少しだけビジネスの話をして、そこで物事が進んでいく。

作者は、どのようにゴルフに接していたのか。この短歌で歌われているように、ただ純粋に楽しむためだったのだろうか。

サラリーマン
会社の規律守られて
愉しさ一つの 努力の甲斐

道からは
外れた人の 定めとは
大の失敗 小の成功

人生は
いいと思うよ 背丈たれ
人は他人《ひと》です 羨《うらや》むなかれ

人生の教訓のような言葉が並ぶ短歌である。

普段の生活の中で「自分と他人を比較するな」と言われてもなかなか難しいと感じてしまうが、作者の短歌で「背丈たれ　人は他人です　羨むなかれ」と言われると、不思議に納得するところがある。

子供達
一人部屋が 欲しくなる
大学受験 迫る高二

家をもつ
長いローンも 働いて
妻もパート 夫婦の苦労

ヤリクリも
何とかペースを のり超えて
我も出世し 給与もアップ

レトロで、ノスタルジックな雰囲気が漂っている短歌である。

これらの短歌は、一つの夢を語っているのだ。その夢はかつて誰もが見たものであるが、今は遠い存在になりつつある。今も心のどこかで追い求めているものの、手が届かない。

作者の短歌は、そんなノスタルジーを感じさせる。

大学に
希望を叶え 頑張った
家庭も益々 幸福となり

ご奉公
我が人生 悔いはなし
苦労もありて 愉しさもある

幸せは
家庭健康 明るくて
事業アップ 部下の愉しさ

サラリーマン人生は、仕事や恋に挫折し、結婚に失敗し、本当はこんなふうじゃなかったと後悔することが多いけれども、大きな夢もある。

失敗したって、それでも前を向いて生きていく。

そんなサラリーマンたちにとって、作者の短歌は、勇気を与えている。

定年が
間近に迫り 葛藤し
スタッフ仲間に システム極意

最後の日
今日でお別れ ありがとう
いつも通りに 淡々と熟《こな》す

定年は
一《ひとつ》の区切り 腹を括《くく》る
気分一新 再出発

サラリーマン人生が終わる。ただ、考えてみると、定年とは不思議なものである。組織にとって本当の必要な人であれば、辞める必要はまったくないはずだが、そういうわけにはいかないのだ。必要とか必要じゃないとか関係なく、組織は新陳代謝して常に生まれ変わっていかないといけない。そうしないと、組織そのものが死んでしまう。

問題は、自分の人生はその後も続いていくという点である。

「気分一新　再出発」、この明るさが作者のそのものだと思う。

経営者人生

夢をもつ
サラリーマンを 惜別し
経験胸に 我邁進《われまいしん》す

人生は
運がなければ 根気良く
鈍《どん》のねばりが 成功近し

商いは
飽きることなく 行動を
志もち 破顔一笑

ここからは、作者が自ら事業を始めた経験を基にした短歌となる。サラリーマンではなく、実業家としての考えや信条などが語られていく。むしろ、これこそが作者らしいといえるかもしれない。

それとも今思うと、商いとはこういうものだったと振り返っている感じが伝わってくる。

「鈍のねばりが　成功近し」「飽きることなく　行動を」。これらの言葉から推察するに、商いとは「とにかく諦めるな」というものなのかもしれない。

立地とは
成功決める唯一無比
信念をもち継続力

お客様
全て目上と思うべし
商売は常に修行

心がけ　明るく笑顔　モットーに
情報察知　ニーズを掴む

作者が考える商売とは、「修行」とか「お客様は全て目上」という言葉に込められている。今も昔も関係なく、これらは商いをするうえで真実であるということなのだろう。

明るく笑顔という言葉が、作者らしい。とにかく前向きで、失敗を恐れず挑戦する姿が伝わってくる。

あの時代
レンタカーが 先駆《さきが》けに
リース業には 認知度低し

着目を
リース業に スタートし
パンフレットで 見える納得

要望に
企業ニーズを 応えしは
資産経常 経費扱い
契約を
各企業に 納得し
常に四年で 新車となす

展示場
場所を探しに 苦労する
立地も悪し 条件合わず

時がたち
各企業の リースアップ
沢山溢れ 車が増大

自動車のリース業のシステムを説明し、メリットを伝えて、工夫しながら市場を拡大していった様子が伝わってくる短歌である。

そういう感じで市場を拡大していくのかと、ビジネスのやり方を教えられた気分になる。

展示する
　多数来られて 販売と
　　依頼の車 人気集中

リース止め
　中古販売 舵《かじ》を切る
　　欲しい車に ヤング殺到

盛り上がる
　販売チャンス 支払いを
　　ローンの普及 宣伝効果

上手くゆく 忙がし過ぎて 応援を 店も拡大 人も倍増

大きくし 規約づくりに 組織化を 工場もかね 信頼を得る

リース業から中古車販売へと移っていく様子が描かれている。

ビジネスとしてかなり盛り上がっている様子がうかがえる。社員も多くなって、どんどん規模が拡大していっているのが伝わってくる。

益々と
順風満帆《じゅんぷうまんぱん》 陽が上る
ライバル多し 値崩れおこす

ライバルに
値打ち商品 店造り
セールスマンの 質の向上

経営増
厳しさすぎて 苦労せし
販売増に 企業努力

これからは
鈍のねばりを 心かけ
明るい笑顔 ニーズを掴む

順調に拡大した中古車販売に少し影が落ちてきたのが伝わる。好調なところには常にライバルが集まってくる。ただ、ライバルの存在があるからこそ、いろいろな工夫も生まれることは事実だろう。値打ち商品を出したり、店づくりに凝ったり、営業の質の向上を図ったり、ライバルに勝つために、独自性を打ち出すために考えをめぐらす。短歌からはその様子が伝わってくる。

ここにも「鈍のねばり」という言葉が出てくる。作者はこの言葉が好きなのかもしれない。

もうひとつ、「明るい笑顔」も出てくる。

教育を

目標掲げ 精進を
飽きることなく 日々の努力に

三原理

見ざる聞かざる 言わざると
対処の仕方 現実となす

ロープレも 他店と絶えず交流し ディスカッションと見聞広し

「教育を目標に掲げ」というのは、社員教育のことだろうか。組織が拡大するに伴って、社員との共通認識を持つことが重要になってきたことを表している。

組織が拡大すると、意思疎通がなかなか難しくなってきたと想像できる。そのため、会議の数も増えてきたようだ。

考案し
買取一理 商売に
同業者と 検討会へ

組織化は
グループ網羅 統一し
ネットワーク 盤石となす

教育は
全て一から 挨拶へ
服装からも 心ひとつに

いよいよ自動車の買い取り事業へ乗り出していく。

さらにすごいのは、作者は、自動車買い取り事業を始める前に、自動車オークションの組織づくりも行っていることだ。今や、そのオークションは全国有数の規模へと成長し、全国から自動車が集まってくる。

買い取った自動車は、そうしたオークションで再び売られていくことになるのだろう。考えてみれば、自動車とは不思議な商品である。江戸時代の米のようなものか。いや、そこまではないにしても、現代の日本において、お金に似た価値のあるものとしてやり取りされている重要な商材の一つである。

スタートし
手放す人が これほどに
ビックリするよ 売れるチャンス
ビジネスは
大きく飛躍 幕開と
チャンス到来 今にも至る
法人化
会社組織 明文化
本部機能と 支部の強化へ

本部とし　支部に役割　募集する　加盟店増　専念させる

自動車買い取りの事業は予想を上回る好調さだった。「ビックリするよ」という言葉が、その驚きを物語っている。

当然、会社の規模は一気に拡大していった。新たな加盟店も続々と誕生したために、本部と支部との連携や組織構築を急がねばならなかった。そのあたりの慌ただしさが短歌に現れている。

加盟店
　入会募集 頑張りて
　　上手く出来過ぎ 三百店へ

本部では
　教育指導 店長を
　　徹底鍛《きた》えて 即実践に

買取りも
小売するのも　同一と
営業上の　基本理念よ

支部からは
各オーナーへ　説明を
方針通り　過去との違い

お客様

信用いちの　信頼を

益々人気　ビジネス増へ

自動車買い取りの事業はとにかくうまくいった。世の中が望んでいるものを提示したというよりは、そういう方法があるんだと世の中がむしろ驚いたのかもしれない。いわゆるフランチャイズのような店舗が増加し、三百店を超えた。

それに伴って、社員教育の充実、組織を運営する上での基本理念の確認、各店舗への方針の伝達は、それまで以上に複雑になっていったはずである。それらのことをひとつひとつ確認するように、短歌の形式で歌われている。忙しい中でも、最後の短歌の「信用いちの」という言葉に、作者のビジネスに対する思いが込められている。

加盟店
世の景気より 活気有り
放漫経営 倒産多し

瞬《またた》く間
三百店を 切ることと
身を以《も》って 知る経営怖さ

前へ向く
買取からは　販売に
舵《かじ》を切りたし　ビッグチャンスに

不思議なことに、作者は、人間の弱さには無縁なのだ。常に前向きに進み、壁を乗り越えていく。

買取から販売へ舵を切る。それが具体的にどういう意味を指すのかわからないが、個人から自動車を買い取り、オークションへ出品するのではなく、再び個人へ販売するということか。

そこからまた新たなチャンスが生まれていく。

軽四の
独自新車人気よし
セールスマンの 腕の見せ場

信頼の
沢山売れて 喜びを
加盟店には 勇気百倍

感謝を　任期を終えて　寂しさも
苦労を共に　皆ありがとう

短歌にあるように、まわりからの信頼もさらに厚くなり、加盟店も潤ったことで活気があふれていたに違いない。

ただ、そんなときに、突然、作者は任期を終えてしまう。どういうことだったのか。何があったのか。

「皆ありがとう」という言葉が、寂しさを誘う。

しかし、次の短歌を見ると、すぐに復帰している。

自社復帰
トップとしても 虚《むな》しさが
気力が萎《な》えて 次は何をや

体力は
病いは気だと 思いつつ
萎えた体を 復活するも

毎朝の
散歩は日課 誓へしは
努力の甲斐に 健康となす

常に前向きな作者も、当然のことながら年齢から逃れることはできない。人は必ず年齢とともに衰えていく。ビジネスの最前線を走ってきた作者は、このとき、これまでと同じようにはいかないと悟ったのだろうか。

計画の
　不振店舗を　見直しへ
　　人、物、金を　投入すべし

出張す
　部下と接して　会議せし
　　早期に黒字化　目指す二号店

決定し
我も参加し イメージを
商品在庫 展示の仕方

何かを吹っ切ったように再び活発になった印象の短歌である。

ただ、どこか、短歌からは、そろそろ経営の第一線からは退いた方がいいと感じ始めている作者の姿が浮かんでくる。

「後は任せたぞ」と言っているような気がする。

月日たち
二号店に 漕《こ》ぎつけた
順調となり 勇気と自信

社長には
部下か息子か 悩みヌキ
我は会長 やっと二代目

晴れ晴れと
残り人生 愉しさに
趣味と興味 満喫すべし

短歌とともに、仕事に情熱を傾けた時代を見てきたが、次の世代へとバトンを渡して、自らは舞台を降りる時が来た。経営を信頼できる部下へと引き継ぐか、それとも自分の息子にするかと悩んだが、最終的には息子が二代目となることを決断した。たぶん、それが最後の大きな仕事だった。

残りの人生を満喫しようと、自分に 言い聞かせている。これまでとは全く違う人生。

ビジネスで成功した自分とは違う、新たな自分を発見する旅。そのひとつが短歌を歌うことだった。

[著者略歴]

風 成（ふうせい）

名古屋南隣の藤田医大病院のある豊明市で、戦後のベビーブームに誕生。

急成長のモータリゼーションにおいて、新車販売のトップセールスに携わる。

その後、中古車市場の創設に尽力し、車業界の旋風となって全国チェーン展開をはかり、中古車業界の礎を築いた。

異彩の歌人。

協力／小出朝生

短歌集　夢よ　サラリーマン人生

2023年2月14日　第1刷発行　　（定価はカバーに表示してあります）

著　者　　風　成
発行者　　山口 章

発行所　名古屋市中区大須1丁目16番29号
電話 052-218-7808　FAX052-218-7709
http://www.fubaisha.com/
風媒社《ふうばいしゃ》

乱丁・落丁本はお取り替えいたします。　＊印刷・製本／名鉄局印刷
ISBN978-4-8331-5438-3